迷宮書店

The Bookery

請輕聲推門進來

握著僅有的孤獨

誰都知道

孤獨是閱讀的鎖鑰……

——羅智成

回到那家書店
已是很久很久以後的事
也許隔了一個世紀
也許是一輩子
這個距離得用記憶來丈量

此刻的我和童年的我
距離到底有多遠？
要看中間經歷多少蛻變

實現或推遲幾次
不切實際的冒險

那脆弱、易感的少年
充滿幻想而捨不得放棄孤獨
他曾帶我涉過陰暗積水的食道
去目擊鯨魚肚腹裡獨居的老人
他曾帶我爬上海邊懸崖去瞻仰
為心懷愧疚的兒童設置的遊樂場
我憑什麼說，他和此刻
頹廢自棄的我是同一人呢？

除了無人見證的腦海中
模糊而不確切的身影……心緒……
連結我們彼此療癒的契機……

在沒落書街　一個
屢被郵差錯過的門牌裡
我曾在此深藏了一個
我自己版本的童年

到那家書店的路徑每次不同

有時要找到巷弄中的巷弄
有時要穿過小學後面
忽有忽無的小理髮廳
有時好像
就在兩個店面之間
樓梯間的木板夾層裡

總之
岔出日常生活的動線
沿著野貓鬼祟的蹤跡
想從現實世界逃學的渴望

就會引領我來到小廣場前
遺世獨立的「閱讀光年」

就像記不清第一本書
我不曾深究書店全貌
還有周遭冷清的街區
它似乎不大
藏書似乎不多
但是總會找到
讓我好奇索讀的新書

或新來的舊書
看到酩酊忘我
看到天亮醒來都不知
是先睡著還是先回到家

我喜歡找個隱蔽角落
每樣東西都靠得很近
像隻迷航落單的海鳥
停駐亂石嶙峋的礁岩
綣藏起羽翼
捧一本書

不被打擾
一翻開書
再次翱翔
就是我和那本書的世界了

除了書店主人和他的女兒
我大概是最常待在這裡的人了
那可愛的小女孩好像是從
哪本童話書裡認養回來的
還沒褪盡夢幻迷離的神采

整齊的瀏海遮不住明亮額頭
深邃安靜的眼眸卻滿溢心事
稚氣臉龐上溫柔的弧度蒼白
讓我的目光不時在其上滑雪
失足……

她的父親瘦削斯文
喜歡文學且一事無成
而書店更像是已放棄營業
已脫離城市生活的私人藏書館
只有稀落、無知的學生

無聲無息進出

我甚至隱隱以為
這書店降臨於此
是專程來守望我孤獨的童年

「每次看到你的眼睛被
24開、32開印書紙上
密密麻麻的宋體字點燃
我就倍感慰藉……」
「你和書真的很有緣分呢！

下次你來
我帶你看看我的祕密書房」
那次，沉默寡言的店主
主動跟我攀談
但是我再回到這家書店
已經是很久很久以後了

我畢了業
因家庭變故匆匆結束童年
搬遷到另一區升學、就業

進入信史時代

我繼續耽溺於書本內外的幻想
不曾發表作品卻認定自己
將成為被祕密流傳的作家
之後　終究和Q分手
她到大洋彼岸攻讀全新專長
以最耀眼的風采嫁人
隔著14個小時的時差
我仍感覺得到她多年來的憤忿與失望

我輕率逃離主流職場
以慘澹的失敗回應她的鋒芒
想騎單車　一直到世界盡頭
但沒有一座城市　大到可以
迷路永久

我摧毀了共同逐夢的航程
虛擲了揚帆奮進的青春
所有悔疚往事
像被記憶活埋的毒魟
夢中觸及特別令人刺痛

失去白晝意識的掩飾
無所遁逃　無法停止
比醒時的真實更真實

我不可能重來
我的生命已經改寫
但是我的記憶與慣性
仍然停留在上一輩子
那時我手握鎖鑰
正要打開一扇命定而未知的門……

我不知如何重新開始
想找回不可逆轉的每一瞬間
清點傷痕、損失與過失
但我越退越遠
退到無從辨識的從前
我的根就是被記憶斲斷的記憶
必須用嫁枝法
重新把自己接回去

是誰帶我回來的？

受傷動物的本能？
還是飄搖欲熄的心火？
告訴我
尋找解答
得回到童年

無論快樂或者悲傷
要修補一個成年人
就得讓他徹徹底底
完成一次他未完成的童年

「喔，是你？」

更加蒼老的店主平靜地說

「好久沒看到你了。」

「你還記得我？」

他平靜地點點頭

「連我都還記得你呢！」

一個驚人美麗的女郎

走到她父親身後

「那時你在我們書店看書

看到打烊都不肯離開」

我想，也許是當時以為書籍

或書店永遠都為讀者敞開吧？

「你的祕密書房還在嗎？」
他們略帶遲疑
彼此互望
老人微微點頭
女兒面有不豫

「走！
我帶你去看看！」
老人拿著一把鑰匙和

一個小鬧鐘領我下樓
開啟了那扇陳舊的窄門
「我暱稱這個地方為書井
書籍的書
水井的井」
他開了燈
示意地撢了一下
書堆上的灰塵：
「它提醒我
坐井觀天也許能自得其樂
但要跳出井底又何嘗容易？」

遞給我那只古舊的鬧鐘：
「這個鐘我已設定
時候一到
它將把你帶回來」

「帶回來？帶回哪裡？
為什麼要一座鬧鐘？」
老人笑而不答
靜靜退出房間

這時我才回神
注意這陌生的空間
也同時發現
這書房已注視我許久
以一種奇異的悲憫或感慨
好像它早已認識我
知道我此刻的心境

書房侷促而挑高
像斑斕的石灰岩溶洞
垂掛蒂凡尼吊燈、羊齒植栽

六分儀、望遠鏡雜物堆陳
我猜它是天井改裝而成
近三層樓高的天花板上
還有天窗被油漆的痕跡
完全隔離了外頭的天空

一座緊攀著書牆的書梯
被堆聚的沙發擋住軌道
一座更巨大的迴旋鐵梯
則不規則盤繞整個房間
直抵天花板而沒有去處

它讓我想到昆蟲的體腔
雖然我從未仔細看過
即使一隻飛蛾的臟腑
但一定有些和飛行或
蛻變有關的基因被鑲印
在某冊書籍某個角落裡

我終於進到書店核心了
或更像回到自己的內在

卸下靈魂的甲冑
解散了自我防衛
感官系統敏銳畢露：

我的嗅覺很快在空氣中
攔捕到被灰塵壓制的霉味
蟑螂與樟腦混合的刺鼻味
受潮的紙張　分解中的油墨
也聽見書架呼吸　蠹魚爬行
地板被踩踏時連動到更多密室的回聲
還有水管　電表　血管　心跳

除了我以外某種巨大意識
在近處存活的細微動靜

我隨手翻了門邊書堆上
灰塵較少的《魂斷威尼斯》
目光著陸於這行句子：
「他們說波蘭話、法國話，
也夾雜著巴爾幹地方的方言，
但是他的名字被叫的次數最多……」

恍惚間有個金色長髮男孩
散著香皂味匆匆躲進書頁
我嚇了一跳　汗毛聳立
慌忙跳出字裡行間
但翻開的書頁繼續舒展
密實的文字召喚出來的
阿森巴赫徜徉的海灘

隨著震動的洋鐵皮般
反覆沖刷上岸的波浪
和遠處遊客的笑鬧與言談

這些文字似乎不甘只是文字
急著兌現自己背後豐盛的
意涵　聲音　暗示與想像
每個字眼都想直接帶我到
被它指涉的現場
符號的黑洞巨大的引力
把我吸到意義的更裡頭
透過成為它、穿越它
誕生到另一邊世界的外頭

在這樣的異境中瀏覽

像醉了酒服了迷幻藥
各種事物的屬性與狀態
變得鮮明浮誇虛實不定
主體與客體謹守的界線
從本質上鬆動
經驗不再來自經驗

我梭巡著一排排書櫃
默念著碑銘般的書背
裡頭許多我耳熟能詳
更多是初識或似曾相識

這些生命中某個時期
看過或想看的作品
像記憶的靈柩
安息著一首首難忘的樂曲

有些樂曲斑駁、脫落
只剩被過度傳唱的主旋律
但它們屬於再多人也無損
它們曾經僅屬於我自己

銅製檯燈下布面精裝
書名燙金已剝落的《小王子》
則是不曾見過的版本
我將就著小板凳坐下
迫不及待打開來端詳
一方面重溫少年時代
那令我不忍釋手的安慰能量

「……星星真美」
太熟了
我沒有從第一頁開始讀它：

「星星真美
因為在彼有一朵看不見的花」
小王子滿心感慨地說

差不多就在同時
整個書房快速變化
原先井然的四壁有了痛覺般
膨脹收縮　瞬變著各種表情
像被喚醒囚禁多年的想像
不顧一切要在此刻實現

又像千百年來所有被焚毀的
知識殿堂的幽靈附身
要一口氣洩漏所有的
知識原罪

整個書房騷動　搖晃
書籍擺設裂解　增生
像被驚飛的各色禽鳥
在空中飄浮　翻騰
旋轉旋轉　匯聚為
龍捲風中空的體幹

一逕鑽開了天花板
牆板紛紛龜裂剝落
外頭的空氣灌入……

我未覺察到這一切
因為早已忘情置身
夜涼如水的沙漠裡

被砂礫過濾過
被涼風冷凝過的純氧
更新了我緊張的官能

我消化了一下剛剛那句話
流利回答：
「的確是這樣啊……」
然後兩人就不再講話
一起望著滿天繁星和
有些靜肅的沙漠

這一座座在夜間發光的沙丘
像星塵一顆顆堆疊起來的海浪
或是眾神睡醒離開後的被窩
讓人很想接近它　進入它

而它正透過睡意漸漸將你同化

小王子又說了

「沙漠真美……」

「嗯……」

好舒適的對白

他應該是講法文的吧？

無論如何　在閱讀中

我自然用思考語言來對話

其實我無時無刻

不為故障的飛機發愁
但我還是共鳴於這樣的交流

我一向喜歡沙漠
常常駕著雙翼機
以低於老鷹的高度和速度
巡航鳥瞰這無止境的荒涼
有時坐在沙丘上
什麼也聽不見　什麼也看不見
但寂靜中好像有什麼呼之欲出

小王子自顧自的說：
「沙漠美，
因為沙漠的某個地方藏有水泉……」
「嗯……」
星空落下一滴水滴
一瞬間我似乎懂了
懂了我一直都懂的道理

房子、星星、沙漠
有些東西之所以美
因為它們暗藏一些

看不見卻十分珍貴的事物
這些體悟本無新意
重點在於：
由於我們不曾重視我們
其實深切明白的事　便
一直以為自己並不知道

小王子真正啟發我的
應該是這樣的道理

我心思泉湧　百感交集

過去，我迷戀於這個故事的
憂傷氛圍所象徵的一個事實：
每個人都是一顆孤獨的星星

每個人都是一顆孤獨的星星
沒有人或偶爾有人靠近

但我始終輕忽他的想法
保持童心是個太簡單的道理
普遍的共鳴如何讓孤獨容身呢？
但此刻我獨自擁有他的孤獨

不需抵抗和別人相同的感受
就這樣
我一直抱著他走了整個晚上
終於
在黎明的時候找到那口水井

由於發現了水井
我們興高采烈談了許多事情
也許是徹夜未眠的虛弱
我隱約有不祥的預感
覺得越來越靠近一個

令人惆悵的結局

他坐到我的身邊來
輕聲地對我說：
「可別忘記你的諾言喲！」
「什麼諾言？」
「就是替我的綿羊畫個口套啊！
我得時時刻刻照顧我的玫瑰花呢！」
我不發一語
拿出了紙和鉛筆
十分慎重、用心的

畫了一個堅固的口套給他

「他真的要回家了！」我絕望的想
「你知道，我來地球
到明天就滿一周年了！」
他似乎想安慰我

然後他跟我詳細描述了離開的方法
對地球人而言，那形同死亡
那一刻
我好像和一個最親密的朋友

討論他明天的葬禮

但我耿耿於懷的不是死亡
而是離開，不是絕望
而是違背唯一的希望
好不容易遇見流浪在
自己內心裡的小王子
但最終他仍必須離開

我開始強烈挑戰他離開的方式
我說在整個故事裡頭

我最不喜歡的一直是
你離開的方式
藉由地球上一條卑微的蛇
來結束你輝煌的冒險之旅
那個地理學家
那個忙碌的點燈人
那個孤芳自賞的國王
還有和你相互馴養的狐狸
「我不覺得這是和你的玫瑰重逢
最好的方式……」

他有點無奈的說：

「也許我的落落寡歡
引起你過多的憂慮
也許你想要對我更好
也許無論在故事內外
我們的感情都如此相通相惜
但是別急著用故事外的法則
評判我們優美而離奇的遭遇……」

「也許我不覺得你只是個故事
我的心從不輕易如此柔軟……」

「但是這副軀殼的確是太重了……
我的路途還很遙遠……」
「你確定脫離你的憂傷了嗎？」
「我不確定
我們的關係是我跟玫瑰共同決定的」
「但我真的不希望你以為
你可以用自己的憂傷來緩解
你帶給別人的憂傷……」
他眨了一下
這些日子以來
他像是引領我頓悟的奇蹟

但還有好多好多話我來不及說……

鬧鐘響的時候
我的視線停在一張簡陋的插圖上
整個書房物歸原狀
但是我的心淒楚迷惘
久久不能平緩
我的鞋子上還有一些沙子……
這樣的衝擊太大了

我幾乎是逃出那家書店的
我不知道他們曉不曉得
我在書或閱讀中的遭遇
但因這樣的投入困窘不已
我知道很快會再回來
但將努力拖延我的屈服
讀者和作品正在此實現
某種早被設定的非法關係
繼續造訪、陷溺是我的選擇
也是讀者的宿命

另個週日午後
我像員工值班來到「閱讀光年」
書店主人的眼神充滿默契
美麗女郎則略帶焦慮
她的名字叫麗穗
我原本應該知道卻毫無印象
她把鬧鐘遞給了我
「不要把時間定的太久」
她關心地跟我說

這次在地下室
我翻撿著陳舊的古典詩詞
它們曾帶給青春前期的我
祕密的情感憑藉　以及對
自我獨特品質的洞察與發掘

那些觸動著古代心靈的幽微情景
和後世亞熱帶少年靈犀相通
典雅或激越地排遣了
泉湧不息的自憐與狂想
不足啟齒的青春情懷

被苦心酙酌的文字輝映
成為唯一能被自己覺察到的
自身存在的重量　啊
和不朽的你們共同脆弱
使我更頑強……

越過《花間集》、李後主詞選
順著前人的摺痕
我翻到李清照的〈聲聲慢〉：

尋尋覓覓　冷冷清清

淒淒慘慘戚戚

緊隨七組直白的疊字
我有些慌張地被喚醒
久違的強說愁的歲月
沿著節奏舒緩的想像
似乎轉身就會觸及那
宋室南遷的流離悽惶
以及夫婿明誠死後的
無依　孤單

乍暖還寒時候
最難將息

面對一位女性作者
我進入作品的方式
更像是窺探者或暗戀者
熟稔又清麗逼人的語言
堆疊的意象裡
我佇立在一個和南方園林
相差無幾的古老宅院中庭
但有更多茂密的闊葉植物

與翠綠的盆栽遮蔽了視野

略嫌潮濕但涼爽的雨後
空氣中瀰漫被雨提味的
泥腥與青苔的清香
過期的胭脂　陳舊的木材
逸散了松香的墨汁
凝結出暗沉的氤氳
還有從飯廳傳來刷洗不掉
長年被油脂與腐敗食物浸漬
日常生活的氣息

我的視線飄忽於迴廊下　窗檯邊
循著未被阿爾泰口音濃化的漢語
終於看見
這個專心吟誦著詩詞
有著飽滿現代靈魂的
宋代第一才女

她依舊細心打扮
對襟綾羅　碾玉琉璃
氣質近似我想像中

年齡再長一些　婚後的Q
但盛世不再　美人遲暮
衰敗的寒沁始終揮之不去
只能自持家世一縷馨香
抵擋家道中落的慘澹
中年喪夫的孤立
社會位階的下滑

三杯兩盞淡酒
怎敵他
晚來風急

易安居士的作品
曾讓年輕時的我
為之凜然、為之著迷
將近一千年前的古代
怎有如此白話的詩魂？
深沉悽苦的口語
露骨、雄辯又理所當然
是多麼寬裕、沛然的才情
又是多麼結實坦率的主體

雁過也
正傷心
卻是舊時相識

她苦悶的身影如此巨大
因不肯放棄對生命的期待
一籌莫展的困蹙裡
一逕細心梳理紅塵不斷的
情絲與愁緒

梧桐更兼細雨

到黃昏
點點滴滴

那些依著詞牌填寫的小令
每一首都回頭定義了詞牌名
每一行　每一句都
示範、煽惑著我們
因為她的感覺拒絕熄滅
堅持輝煌

這次第

怎一個
愁字了得！

天色提前向晚
這時聽見有人輕推院門
我很想看看她等的是誰
但是鬧鐘響得太早

看李清照的作品時
我想得多、讀得慢
我不停想到Q

她的美麗優異與自我期許
自顧不暇的我難與匹配
我除了陶醉於幸福
現身於耽美的愛戀
沒有任何犧牲也
沒有任何貢獻

在兩性相戀的歷史上
男子們對戀人幾近愚昧無知
神魂不屬、軟弱遊移
張揚著根深蒂固的自私

辜負著真誠勇敢的託付

我不知這樣的不對等如何發生
但是　如果還能記得
第一眼被那夢境般的雙眸吸引
第一秒毅然許下願望與誓言
就會驚覺之後實現的劇情
直如樂園的凋萎
巴別塔的覆滅

《鶯鶯傳》、《白蛇傳》、

《浮士德》、《誘惑者日記》……
多少愛情猙獰的原貌
隱藏於各式浪漫故事
我們真願意在彼相戀嗎？
摩娑《追憶似水年華》新刷的封面
這樣的感喟達於頂點

這時麗穗推門進來
「還好嗎？這一次」
她關心地問
熟練地遞給我毛巾和茶水

我發覺當她翩然出現
我的眉梢神經變得靈活
扮演的角色不再那麼沉重……

我相信
他們父女對我已瞭若指掌
無需繼續掩飾鎮日的
失魂落魄與無所事事
我逐漸頻繁出現於書店
眼神也不再迴避任何人

我的心中當然模糊想著
最想讀進去的幾本書
但會不時繞開或改變心意
去翻翻臨時起意的主題
最近盤據的沙發左側本來是
《三言二拍》、《聊齋誌異》、
魯迅編選的《唐宋傳奇集》
但浮躁的午後阻止我
檢讀細密乾澀的古典作品
便路過咸亨酒店去看孔乙己

小說一開始
當代都會舒適俐落的情境
便被第一人稱的陳述隔離
我很快進入被作者心智
結界的那個灰暗的時代

發生許多故事的烏有之鄉
魯鎮的街頭
有固定熱鬧和不熱鬧的時刻
但熱鬧總是從咸亨酒店起頭

那年我才十二、三歲
注定只能做個無知或
所知有限的敘事者
蹲在酒店曲尺型的櫃檯旁
無聊望著對街藥舖和綢布行
直到短衣幫的客人陸續光顧
才開始忙碌起來

照例　我是透過眾人訕笑聲
才注意到孔乙己的到來

他是唯一身著長衫卻只能
站在前檯喝酒的客人
身材比我想像的高大
自尊比我想像的還小
違背我的期待
他也比想像的細緻、有教養

「亂蓬蓬的花白鬍子
又髒又破的長衫
青白的臉色，皺紋夾雜著傷痕」
我一直想細看

卻看不到他的眼神……

他熱心地想教我寫字
沾了酒就往桌上抹
但是我的地位夠低了
不能再和他靠得太近
對他　我有難以言喻的
親切與嫌惡
但更多時候
是混著恐懼的悲憫

故事很快結束
因為聽說他死了
沒有人親眼見到
但每個人都深信
他不可能存活
不可能安然存活
在任何一個險惡的時代……

〈孔乙己〉輕描淡寫地震撼著我
故事裡的主人翁脆弱無害
卻曾讓我們如此害怕

害怕失敗離我們這麼近
悲慘離我們這麼近
殘酷離我們這麼近

無論別人怎麼詮釋魯迅
我總是感受到他
無法被全中國分擔的孤獨
他的孤獨在於與眾不同
這「與眾不同」無以排遣
因為諸「眾」無法割捨

並滿心以為與他相同

或許，
他骨子裡有很強的抗體
與任何「眾」都合不在一起
對這古老國度的深刻體悟
他始終裹足於群眾的
盲從與冷酷

西方哲人對群眾性的抵抗
往往為了堅持某種個體性

他對群眾性的距離則來自
無力治癒群體的挫敗與焦慮

橫眉冷對千夫指
俯首甘為孺子牛

這個民族曾經飽受屈辱
徹底喪失了自信
有強大念力需要
彼此表態與自欺
重建尊嚴與自信

你的清醒會讓人戒備
你的輕視與疏離

極可能是近代華人
唯一能抵抗媚俗的創作者
忙碌奮戰於或大或小
各類的毒龍與風車
那麼地激烈
那麼地激烈與無奈……
鬧鐘響的時候

我鬆了一口氣
麗穗進來，端詳了我很久
不知偷偷在尋找什麼東西

我確定那是善意
回以一個開朗的表情
但離開書店時不免納悶
明明束手於生命的谷底
還不時陷進離自己很遠的思緒

閱讀

就是疏離

我決定再換個主題來探險
所以這次來到扶梯下
灰塵更厚的書櫃前
同時映入眼簾的是
《希臘之道》、《星星原子人》
和大部頭的《世界文明史》
我對《世界文明史》情有獨鍾

在島嶼仍被禁錮
旅行還沒盛行的年代
這些混雜人文地理的歷史著作
就是最好的時空旅遊替代
我最愛循著文明的線索
神入於書中人物的處境
杜撰著傳奇發生的場景
歷歷在目的史實與言談
猶如前世親歷的遭遇

從克里特島到雅典

牧神的笛聲回響於沼澤山林
寧芙在列柱與廢墟間起舞
哲人在文明與野蠻間漫步
我一直想造訪古代的希臘
看看鉅量論述的後頭
年輕俊美的亞該亞人
對知識與藝術的浸淫
對情慾與肉體的狎暱

「自公元前四八〇年到三八〇年的一〇〇年間
在雅典演出了二〇〇〇多齣戲

早期，最佳悲劇獎是一隻山羊
最佳喜劇獎是一籃無花果和
一罐酒……」
《希臘的黃金時代》第七章
我多次流連
所以很快翻到那個地方

閱讀客觀呈現的描述時
我是一個隱身的旅者
可以感受現場的聲音
光影　氣味甚至溫度

但失去主觀身分的投射
我無法和書中人物互動

那又如何？
亢奮歡愉的酒神節
跟隨摩肩接踵的各色男女
一路笑鬧於濱海露天劇場
和遠古民族陶醉於生命中
最純潔的慾念、想像與狂喜
竟有落葉歸根於心靈原鄉的
錯覺　和抹不掉的

異鄉人的落寞之感

在文明的此刻
夜晚是沒有光害的
酒神節的狂歡散場後
我躺在神殿的屋脊上
望著愛琴海特別近的
星空　愈加堅信
這些晶瑩耀眼的星座是
為了讓我們永遠能辨識
那些美麗的神話而存在

早先在這座書房裡
我也試圖進入《幾何原本》
或充滿方程式的天文書籍
但我不會瞬間擁有各種知識
不會在書中忽然了悟
原先不懂的東西

一切體驗
只能產生於我的理解：
那些被文字供奉的天才　巨匠

從事嚴密思考時的緊繃　專注
進行複雜推理時的琢磨　反覆
屢屢竭盡大腦續航力時的
糾結　喪氣　呆若木雞

讀尼采、叔本華或維根斯坦
抽象的書寫或論述也會提供靈感
為我布置狂熱工作或苦索的現場
在彼　我一次又一次感應著
瀕臨崩潰或欣喜若狂的心緒
坐立不安、喃喃自語

狂亂的智慧之獸在書房來回走動
來回走動

我愈加明瞭
每一本書都同時運轉著
無數可能被實現的世界
圍繞著讀者感受的重點
想像的本質　解讀的核心
兩個人要在同一本書裡
相遇　或擁有相同遭遇
難如九大行星連成一線

對詞彙的相同聯想
對情節的共同期待
還有對角色的態度
還有對自我的認知
那是先於閱讀　先於
所有言談的默契與共鳴
但我們永遠不知道
我們曾經與誰共鳴

麗穗聽到鬧鐘後走了進來

熟練地打點一切

並以鮮明的愉快表情嘉許我

這次閱讀之後的輕鬆與自在

「妳害怕我會出事嗎？」

「畢竟這是充滿危險的閱讀方式……」

「妳害怕我會出不來？」

「有鬧鐘的話就不會。」

「我出不來的話，妳們會不會來救我？」

「你沒有意識要出來的話，我們也沒辦法救你，

因為你的腦袋正在你的腦袋的書裡面。

你沒有意識要出來，
連房門我們都很難打開……」
「妳也在這個房間看過書嗎？」
「常常……
我有一種先天的毛病
很不容易出門
在這個房間裡讀書
等於參與這個世界的替代……」
「但是外頭真正的世界是不可替代的……」

「我知道。」

我不禁深深同情起她

「我知道……」

「我大量的、熱切的閱讀這些書

想要發掘更多書中世界

比真實世界更好的優點

但是這一切充實與精采

永遠只是某一本書的內容

我渴望著脫離文字的存在……」

「我希望耽溺於文字的我

可以為妳帶來一些
獨立於文字的存在……」

我們安靜了下來
感覺這間書房正在偷聽我們的對話

又過了許久
她說
「我希望你多找些明亮、快樂的書
因為在這間書房裡
不論是正面還是負面的感覺

都會加強加深很多倍
如同親身遭遇一樣」

「我知道
我已翻閱不少快樂的書
但是我想參與的
是現實世界沒有
只能出現在書中
那些偉大的時刻」
我向她揚了一揚
拿在手上的《浮士德》

我喜歡德國
喜歡歌德時期的德國
更喜歡那個時期的歌德
那個永遠年輕以至於
永遠在談戀愛的靈魂

但他戀愛的對象不只是
繆司和那些純情的女郎
更包括所有的智慧與知識
包括擁有無限可能的自己

他的生命甚至比文學精采：
創造維特去替他談一個不被允許的戀愛
為威瑪國王主理國政兼礦業部長
寫色彩論跟牛頓的三稜鏡抬槓
和拿破崙相互見證彼此的輝煌
逃官到羅馬當多年畫家
回來又和席勒共同打造
德意志文藝復興的盛況

而和海倫談戀愛

應該是文學所能創造
最浪漫的事件了

這次
我直接跳到悲劇
第二部的第二幕
書房接收到靈感
瞬間變成一座哥德式
中古鍊金術士的實驗室
空氣中瀰漫著刺鼻難聞的氣味
陰森的器皿和試管裡

漂浮著畸形的器官、標本、怪物、怪胎……

梅菲斯特是十足的魔鬼
絕對的邪惡絕對的迷人
猶如跟自身劣根性相處
人類對他總難以
維持堅定的警戒

這犬儒、善辯、虛無主義的教皇
我並不特別在意、特別恐懼
也不動搖我的信念與自信

對我而言
這個為了陷害我而
滿足我所有求知欲的巫師
形同可以延遲許久
才需要兌現的死亡
或只是如影隨形的惡運
將在我最不經意的時辰
刺殺我的靈魂

他幫我實現那麼多不可能的願望
這加深我的野心與迫切感

去實現更多更荒誕的奇想
寧願在地獄熊熊大火之前
就被永難饜足的慾念
被無窮無盡的好奇
燃燒殆盡一身皮囊

一如所願
梅菲斯特給了我一把金鑰匙
讓我下沉到幽冥地府
開啟燒得通紅的三腳香爐
才召喚出海倫絕美的真身

不出所料
我的身心立即被蠱惑
產生從不屬於我的龐大渴望
以及無法被填補的
亙古空虛
我進行了時空穿越
不顧一切去找尋海倫
在德國歌劇格格不入的
希臘神話裡闖蕩流浪

在浮士德的這些篇章裡
歌德表現得太學究氣了
關於和海倫相戀的情節
怎能以結婚生子匆匆帶過？
作為書中主角的我
愈來愈浮現背叛作者的心機

在第三幕
合唱團悽惶的歌聲中
衣香鬢影的女子魚貫而入
梅菲斯特幫了大忙

刻意杜撰的被獻祭的恐懼
讓海倫帶著她的女眾前來投靠

我從未預料
美可以如此強大懾人
雖然她的呈現如此柔弱天真
在經歷這麼多磨難之後
海倫依舊美得如此光潔
美得如此清純
在外貌上、心靈上
絲毫不受傷害、沒有刮痕

她自然流瀉著最女性的本能
不拒絕我對她的殷勤與執迷
不壓抑她對我的好奇與善意
也許她曾經努力想專屬於誰
但並沒有能力阻止戀情
一次又一次的發生

美
是無法被獨享的

「為什麼這人說話的語音如此特殊？
親切悅耳又帶著協調的節奏？」
她問的是早已意亂情迷的
我的守城人林寇斯

「這是我們民族語言特有的腔調
適於唱歌適於思考更適於讀詩」

「那你可否教教我
把它說得更為動聽？」

我們熱切地交換彼此的語言
交換彼此的心跳
交換彼此的眼神
而她每一個認真學習的唇形
都是無法抗拒的
索吻的邀請

在書中我把我們的戀情
視為西方文明之古典美
與浪漫美結合的象徵
但是在當下

我的心智、我的存在
完全被純度最高的費洛蒙溶解

我的心神無法收束
思考被雄辯的心跳摧毀
海倫啊海倫
我對妳的顯現如此敬畏
雄性的理智在妳跟前不堪一擊
無辜無瑕的美讓一切相形卑微

但是男子內心裡的兵荒馬亂

妳不知情也不介意
作為被希冀的對象
妳逕自閃亮逕自美麗
也許別人為妳　或為
他們的幻想想得太多
妳想得比任何人都少
我渴望了解
卻無能也無從了解妳
我們愛情的內涵幾近空白
除了對妳美貌永恆的悸動

我如此迷戀於妳
以致太輕易越過臨界點
一切
變得索然了！

鬧鐘響的時候　我
突然開始想念麗穗
我慌慌忙忙跑出書房找她
她剛好不在櫃檯
不久從書庫走出來

看到我熱烈的眼神
有些羞怯又有些欣喜

我結結巴巴地對她說
「我突然覺得很愧疚
我們認識得那麼早
卻一直沒能好好關注妳」
「那時我們都還小啊！」
「不是，不是這個原因
我一直被我的孤獨所蒙蔽
看不到別人也看不到妳

此刻對於文字對於閱讀
我突然感到索然　無趣
只想闔起書
好好了解妳」

我緊握她的手
想確定不是在夢裡
但我從來沒有覺得
如此地在夢裡

對書店不尋常的歸屬感
介於神經質與自我意識
之間的病識感　還有
跟麗穗相依為命的情愫
形成了完美的孤立
讓我陷溺於「閱讀光年」
自棄於一個可以和真實生活
遙遙對立的奇幻領域

如同暗黑詩人愛倫坡
耽溺於噩夢般耽溺於

自己以妖嬈文字虛構
那親密有毒的世界
作品中永遠洋溢著
不祥的快感不幸的魅力
還有鐫刻於濃烈官能記憶上
最邊緣的心靈地景

愛倫坡是了解現代詩情
最直覺、最簡潔的蹊徑
依循孤僻神祕的心智拼圖
我們目擊浪漫主義的魂魄

附身中古風哥德體的符碼
穿過前現代科學的陰鷙想像
過渡到現代文學的變身歷程
也追索出許多輪迴到此世的
科幻小說、懸疑小說
當代電影甚至少女漫畫的原形

良莠不齊的版本裡
我印象最深的短篇是
〈橢圓形肖像畫〉：

一個瘋狂執迷於作畫的畫家
為深愛著他的妻子畫像
他是如此專注地畫著她
卻毫不關心真實的她
妻子默默地賣命配合
「溫馴坐在陰暗高聳的塔樓上
一坐就是好幾個星期」
當畫家像賦予生命般完成了
不可思議地栩栩如生的畫像
真實妻子的生命也被移植畫中
——她被畫死了……

這是多麼典型的愛倫坡想像！

這次〈巫夏家族的沉淪〉也一樣
它幾乎是所有病態、沒落貴族
最極致的悲劇典範
還有什麼　比被恐怖
折磨、污損的高貴
更令人不忍卒讀？

我抵達巫夏家的宅邸

已是枯寒的年終時節
烏雲低沉的籠罩大地
屋宇被死氣沉沉的老樹圍繞
整個院落被無所不在的悲傷盤據

「我快要死了
由於遺傳於我們家族的病症
此刻，
任何微小的物體或刺激
都對我產生干擾與痛苦
逃避這一切卻又使我加速虛脫……

我並不害怕死亡的到來
而是怕死亡帶來的恐懼」

巫夏，我年輕時的好友
無助地向我求助
「看看我的妹妹
我們家族另一個倖存者
她將比我早死
然後，
我就是古老巫夏家族最後一人了」

他停頓下來
我們一起驚悚地看著
被提到的梅德琳小姐
無聲無息
慢慢穿過空曠的客廳
完全無視我們的存在
昏暗光線的描繪下
她蒼白木然的臉龐
像抽盡人性
夢遊的人偶

更像是幽靈

不久，
梅德琳一如預期病死了
我和巫夏合力把她抬到
側院臨時擺放屍體的
一個不見天日的洞室
任那冰冷的軀體兀自
展現邪惡猙獰的性感

就在那時

我發現活著的哥哥和死去的妹妹間
臉上有種極強的相似性相互在吸引
是蒼白　是病容　還是詛咒？
我原以為只存於人類內心的惡夢
已被釋放出來
那是死亡都無法消除的
比死亡更持久的恐怖

七天之後的夜晚
我們徹夜未眠
像亡命的野獸

聞及死亡的亢然
絕望等待大難臨頭
我專心傾聽遠方示警的風聲
他則緊張搜索屋內異樣動靜
我試圖朗讀故事來轉移
這讓人窒息的膠著
但內心裡迅速膨脹的恐懼
迫使我大口的喘息
讀得上氣不接下氣

自始至終

最讓我不安的
是巫夏所表現的膽戰心驚
提醒我　正在受苦的
是擁有可稱之為靈魂的主體
這使得所有感覺可以被傳遞
現代心靈似乎就是被種種
荒誕　苦悶　焦慮與孤立
刻鏤　界定出來的東西

當他復活的妹妹破門而入
撲向他時

恐懼達於頂點

親眼目睹兩個
被厄運凌遲的死亡
我早已嚇得魂飛魄散
心智和四肢斷然脫離
傳達意志的神經在肌肉間空轉
爭先恐後的念頭在喉頭壅塞
極力想吸氣
肺葉和心臟卻相互壓擠
極力想逃離

卻動彈不得癱軟於原地

事後回想
我低估了恐懼的能量
我原想大面積沉湎於
十九世紀的懷舊情緒與
荒廢神祕的浪漫氛圍裡
但是那樣的意象與場景
反而揭開了內心的深淵
無數負面的想像寄生於
人類基因　苦等符咒般的

文字來喚醒最黑暗的記憶

我陷坐沙發
全身虛脫
大汗淋漓
第一次警覺到
這個房間也暗藏深深危機

從混雜著濃濃歐式鄉愁及
原始科技狂想的故事回來

我想重溫當代的心智
恢復一些熟悉的感覺

雷電交加的午後
整個城市褪色為多層次的灰影
「閱讀光年」像擱淺地表的太空船
寂寥地接受時光和雨水的侵蝕
如果它真是來自遠方
我想
它已失去返航的契機和能量

忽明忽暗的閃光中
我看到角落裡一套黑色詩集
廁身《荒原》和《杜英諾悲歌》間
不知名的作者還親自繪製了
所有插圖和封面

全書以黑底反白印製的
《夢中邊陲》裡
我找到十分眼熟的詩句
並低聲索讀：

「當我再醒來
我們就可以重新開始了嗎？
像新的一秒一天或一個世紀？

妳就會忘記
我的種種過失與欺瞞
妳的傷心與失望
只記得在我們
最幸福的那個世紀
勃蘭登堡伴奏著流星雨
運河在午夜通航

地狹兩邊的大海
沿著滿溢的眼波
匯流以鹹鹹的
淚水？

妳就會忘記
作祟於夢中的
悔恨與懊喪

只記得我最好的承諾
和曾經曾經

妳對此深信不疑？」

遠處的煙火響起
行星一顆一顆迅速遠去
Q不知何時已和我和好如初
啊　她真的好美
我們手牽手
像孩童一樣興奮地穿過
一座又一座燈火通明的古堡
巴哈的勃蘭登堡協奏曲

曾為我戀史的巔峰伴奏
當時我手握鎖鑰
躊躇滿志　正要打開
一扇命定而未知的大門

我忽然醒來
和Q的戀情已是上個世紀的事了
我仍在這個世紀懊喪不已
我用各式的自棄懲罰自己
為了保存那時心慌意亂的歉意

而她對此一無所知……

我還記得我對小王子說
「我不希望你以為
你可以用自己的憂傷
來緩解你帶給別人的憂傷……」
但是除了憂傷
關於那些往事
我真的無能為力

無論悲傷或歡喜

無論眷戀或厭棄
我一直不敢放手
一直不敢知道
我早已知道的：
曾經杜撰過一千種重逢情節的
我的過去
已經過去

我捧著書掩面啜泣
直到麗穗走進書房
緊緊抱著我

《追憶似水年華》太大太長
我多次想重頭讀它
都臨時打消了主意
但今天來得特別早
甚至在廣場上遇見幾個
繞路上班的人
陽光暖暖灑在店前台階
洋溢著重新啟程的氣氛
我一時興起　想去造訪
簇擁著爭豔鮮花

顧盼著時尚男女
風華絕代的老巴黎

「你確定要讀這套書了嗎？」
書店主人提出警告
「有些書有它先天的危險性
像《紅樓夢》像《追憶似水年華》
不需要借助祕密書房
就足以讓人深陷其中　無法自拔
許多人在讀完故事後
還不肯離開這些作品

魂牽夢縈
好像是這些書的幽靈」

我開玩笑地說
「也許我就注定成為書的幽靈
也許我在文字裡比在現實世界
更逍遙　更得心應手……」
他不再阻止我
從櫃子下拿出另一個鬧鐘

但我不知道的是

這次書店老人給了我一只壞的鬧鐘
它會滴滴答答見證我脫軌的閱讀
但不會在適時的一刻發聲
引領我走出這文字的迷宮

阿爾貝蒂娜在第六卷就死了
就在我因為強烈想念她而認輸
拍了一封充滿絕望之情的電報
請求她回來之後
就在收到她因為強烈想念我
而寫了請求我讓她回來的

兩封信之前
在這中間
她死了
從馬背上摔下來
撞在一棵巨樹上

從此
我們的愛情只能在腦海中
一遍又一遍　重演於
人事已非的漫漫長日　而
雄心勃勃的書寫與思索淪為

對她深刻冗長而無謂的回憶

只要一想起她
阿爾貝蒂娜
「那些與過去相類似的時刻便
不停勾起我對於過去時光無休止的回顧
雨聲使我想起貢布雷丁香花的香氣
陽台上善變的陽光
使我想起香榭麗舍大道上的鴿群
炎熱的清晨震耳欲聾的喧譁
使我聯想到新鮮櫻桃的回憶

風聲和復活節的來臨
喚起我對布列塔尼或威尼斯的渴望……」

在黑暗的房間裡
那些忘了它們已不再存在的
影像或聲音仍不時闖進來
不停加深我的失落和痛楚
再多新鮮的事物與密集行程
也無法埋葬阿爾貝蒂娜在世時
帶給我的那些獨一無二的感觸
「還有誰

會拿自己的睫毛
和我的睫毛相互廝磨取樂呢？」
所以我決定降落在第五卷
〈女囚〉的情節裡

第五卷並不快樂
情人之間所有勾心鬥角　傷害猜忌
繼續發生在這裡
但是前半部很大的篇幅
有我見過關於愛情現場
最用心　最優美的描繪

讓我的目光捨不得須臾離開
投映在大腦裡的幸福光景
尤其是一頭波浪起伏的秀髮
令人心旌飄搖的阿爾貝蒂娜

我懷念巴爾貝克的時光
那時她還沒屬於我，至少
那種擁有所愛之人之後的
荒蕪　刺痛之感還未發生
那時一切還不確定
但是充滿渴望　充滿期待

第五卷並不快樂
我希望我的投入與想像
可以為讀者的版本改善
這一去不返的似水年華

我充分意識到
閱讀中強烈的好惡
會扭曲書中最主要的旨意
我總是被喜歡的情節吸引
再三誦讀　反覆回味

總是迅速或粗略的翻過
那些我不感興趣的章節
彷彿那是這本書裡
屬於別人的遭遇

最早讀《紅樓夢》時
我就只顧著搜尋
賈寶玉和林黛玉的隻字片語
不耐其他角色或情節的鋪陳
稀釋我對這個故事的參與
來到《追憶似水年華》

我的閱讀習性仍沒什麼改變
我的雷達只掃瞄關心的蹤跡
篩取我想要的訊息

在他不朽的巨著中
普魯斯特苦心孤詣
精確地紀錄　鐫刻
足以重現過往時光的生命場景
從貢布雷　巴黎到巴爾貝克
從希爾貝特到阿爾貝蒂娜
一幕又一幕的記憶成為

永遠的現在進行式

像用文字的針尖
在我們這些想像主體上
進行工筆寫實的刺青
把帶著色彩的痛覺
帶著痛覺的意象
原封不動
傳給我們

他似乎不急於分析

甚至不曾真正反省
他變率極大的愛情本質
那些迷人至深的獨白裡
堆砌著事實　卻沒有真相

他引領我們到書裡
把還存活著的記憶
移植為我們的記憶
於是他的生命從時間偷渡了
偷渡到一代又一代的閱讀中
永恆了

但是閱讀時
我們還得用我們的故事
把他的作品轉化為
我們正在看的作品

是的
有些情節必須讀者自己補齊

馬塞爾向我們展現了
男子愛情的洪荒時代

像〈橢圓形肖像畫〉裡的畫家
執意於理想對象的相伴
但是愛情只在自我意識裡進行
和他極力追求的人幾無關係

身旁酣睡的華麗女體
激發出內心深藏的激情與荒涼
不完美地完成了自戀的繁瑣儀式
但普魯斯特始終沒有告訴自己
如果重來一次的話
如果重來一次的話

我們應該如何去愛

黃昏時刻的巴黎街頭
跟童年記憶一樣暗淡
雖然奧斯曼苦心打造的
帝國街廓依舊亮麗堂皇
昏黃的街燈　稀薄的電力
依舊無法點亮
二十世紀初塞納河畔的夜晚

即使如此

仍有不少市民在黑暗中遊蕩　晃動
一不小心還會迎面撞個正著
花香　髮香混雜著
煤煙與獸力車的原始味道
靠近拱廊街的入口有些騷動
叨絮的法語此起彼落
但是我仍然安適地穿梭其間
或者我並不是那麼的安適
但這已是我能力的極限了
我把阿爾貝蒂娜帶回巴黎

並嚴格限制她的日常行動
為了斬斷她昔日的社交圈
對她可能的不良影響
我把她緊緊帶在身邊

我知道
我對她監視　控制之嚴苛
是別人絕對無法忍受的
我相信她還深愛著我
最大的證據
就是她竟然可以接受

如此任性蠻橫的要求
而不曾離去

因為相信她還愛著我
對她更多的愛與善意
對我而言　顯得多餘
寧可把過剩的激情用來
鞏固她對我的忠貞不渝

在新世紀初的歐洲
男女社會地位懸殊

貧富社會地位懸殊
一個男子的愛情極可能
是他所愛的女子的災難

除了玫瑰和華貴的服飾
旅行、汽車甚至遊艇
即使擁有再深的情感
也無法鋪出通往樂園的捷徑
相反地　他會反過來
執迷愛情的純粹與完美

無休止的猜疑
蛀蝕著所有美好的想像
不可自拔放大所有
正面負面言行的意義
把牛角尖戳入心裡
不可自拔地患得患失
耗損未及兌現的喜悅
追求時輾轉反側
得意不久又索然失落
如此一而再再而三
愛情就成了彼此對彼此的煎熬

我相信
過去，累積出一個人現在的品質
對一個人的現在有著神祕的影響
偏偏
我對她的過去充滿不快的想像
連帶對她的現在難以釋懷
相處得越久
彷彿就有越多證據
支持我對她的報復與算計

女囚與獄卒終於緊緊綁在一起
但獄卒用自由也換不到女囚
我不可自拔的愛她
又不甘於這樣的付出與依賴
偶爾發現自己不愛她時
還會異樣的欣喜

像今天在大馬路上
還自得於我們現在的關係
回到寓所後
無意的刺探卻刺探出

她自相矛盾的行程
我又暴怒焦躁不已
誰到巴黎來了？
她又急著想見誰？
我還有什麼手段可以確保我的禁錮？

進到本書之前
我就覺得馬塞爾這樣的偏執
帶著自我毀滅和浪漫
也無法救贖的殘酷
必須換一種方式來

治療作者或讀者和
阿爾貝蒂娜的關係
我必須自己去摸索
從我和Q的戀情中得到的教訓
把我學到的理想版本
放膽實踐在閱讀裡

我要對那飽受折騰的女孩說：
我的痛苦完全咎由自取
妳的閃爍言辭也是情非得已
沒有誰一定要愛誰

如果在每次相處中
不能獲得期待的快樂
累積甜蜜的共同記憶
我們沒有資格擁有彼此

我們不都是感情世界的倖存者嗎？
脆弱易感的年輕靈魂
看似平凡的成長過程裡
穿行於一座又一座蛾摩拉　索多瑪
我們好奇　困惑　滯留　毀損
自我欺瞞或自我懷疑

然後帶著未癒合的傷口
彼此相遇……

我不該一逕窺視妳的靈魂
它只讓我對妳更一無所知
沒有了解與同情
再多事實也無補於事實

但她未曾被我打動
無視祕密如腫瘤般擴散
只是一味搪塞一味順應

在當下誘惑較強或
意志較強者的旨意

進到書中之後
我深切體會馬塞爾的挫折
所有對策與想法
必須作用於對的對象
此刻我不夠了解她
因為她不夠認真了解自己
不夠認真想被了解

但是，如果我真的愛她
愛應該如何被定義？
去了解或者去忍耐
或將是通過自我檢驗
必要的覺悟

▓

同一時間
在我一無所知的現實世界裡
麗穗氣急敗壞去找她的父親
「沒有辦法

他注定要留在書的世界裡」

書店老人安慰著他的女兒

「如果是注定

你就不需要給他那只壞了的鬧鐘啊！」

麗穗急得眼淚直掉：

「他對這個世界的憂傷與疏離

因為他打從心裡就介意

現實生活美好的可能

他根本沒打算放棄」

「但是

如果我們不把他獻祭給文字的詛咒
我們就永遠無法離開這裡……

我已經老去
而妳的生命正盛開
我絕不能讓妳繼續被禁錮在這裡
妳需要去參加真正的世界
去實現妳的願望
實現妳的美麗」

「但是

此刻我對現實世界充滿憧憬
那個深陷在書房裡的年輕人
正是我的動力……」

面對這雙美麗而堅定的眼神
書店老人終於無語
他無奈地拿出另一個鬧鐘
她一把搶了過去
認真測試它的功能
鬧鐘一遍又一遍地
一遍又一遍地

鈴鈴地響起

「但這不能保證妳救得了他
妳必須去閱讀同一本書
而且和他產生完美的共鳴」

「關於這部書
他告訴了我好多好多
關於他自己
他也洩漏了好多好多」

他們下了樓
費盡心思開門
「門打不開！
我們必須把樓梯撬開！」
麗穗慌忙找來扳手和鐵撬
終於把木頭階梯撬開

當她吃力推倒書櫃
進到書房的時候
整個書房正在晃動　抽搐
彷彿巨大的馬達全速開動

盤繞的鐵製旋梯緊緊捆住
整個書井

麗穗翻過沙發
看見桌几上被翻開的書籍
但我並不在書房裡
而是在書中的巴黎街頭

她穩住了心情
從翻開的書頁開始閱讀
漸漸漸漸

漸漸漸漸
神入於那混亂徬徨的角色裡：

我多麼想去愛那家世良好
教養良好的紳士啊！
但是放浪瀟灑的年輕男女
同樣吸引著我
紳士，是根據理想打造的
總是期待只能存在於理想世界的
戀人與愛情

愛情老手雖然不可靠
但是他們似乎更熟悉
更寬待軟弱的人性
讓妳覺得隨興自在
他們要求的不多
只追求妳身上一小塊

但是
從他們對我的善意裡
我感覺不到世界對我的善意
感覺不到我對自己的珍惜

如果妳覺得自己是棵漂亮的樹
舒展著華蓋讓陽光細心梳理
如果妳想分享到每個季節的風景
妳就不能盤據在陰暗的溝渠

我當然迷戀著馬塞爾
我曾在他羞赧迷離的眼底
瞥見最好的自己　值得我
以一輩子的努力把這樣的自己
這樣的眼神追尋回來

他的品味與談吐
他的細緻與敏感　還有
和整個文明若即若離的神采
讓我覺得他的靈魂
似乎有個更高的來歷
讓我嚮往更好的世界
嚮往更好的愛情

但我有一些祕密不能告訴他
怕驚嚇到他激怒到他
怕被他看輕而將我整個放棄

那麼多人對我品頭論足
我最重視的就是他眼神的一瞬
如果他滿意我
我就會更喜愛自己
但是他只願意看到局部的我
而且預先憎惡他所看不到的

現在與過去之間
何時有了鴻溝？
兩邊都是不折不扣的我

為了他我做了許多改變
我的改變遠離了我
卻沒能更接近他

我的猶豫讓他更不信任我
對我的愛情越來越習於
以負面情緒表現
我越來越恐慌
越來越困惑
過去如影隨形
我庇護著過去

過去也庇護著我
我怕放棄過去
也得不到現在

我想我正漸漸失去他
失之交臂的遺憾與悔恨正預先形成
只因為我是被書寫者　沒法盡全力
去守護渴望的結局

或許我不該老覺得自己
缺乏某種命運去擁有更好的東西

好幾次在睡前我再三的告訴自己
只要此刻全心全意投入
其實就是最美好的結局

根據書裡面我們
在他從維爾迪蘭的沙龍回來之後
有過一次巨大的爭吵
那是我們感情崩毀的轉捩點

其實在那之前
書中沒有交代的

我們還有無數次的對峙

我並不想這樣
所以一直像百舌鳥一樣撒謊
而他一直不讓我有容身的謊言
我就得造另一個謊言容身

但是這次
我撤退到錯誤的謊言裡
被他一把抓住
他終於找到一個可以讓自己

痛痛快快憤怒的理由了

我整個心都涼了
多麼希望這次的搪塞被輕輕放過
那就不會又一次引爆他
一連串的挫折
一連串的狂怒
一連串的懷疑與冷遇
我再也受不了我造成的這些後果了
我再三的違規就是我的抵抗

我必須激怒她來表達我的憤怒
但又多麼害怕她真的拂袖而去
知道她溫馴回到臥室
我的焦慮與掛念放下了
鬆了一口氣
只剩下單純的憤怒
我不急著再見她
在我想出讓她更了解
我的憤怒的方法之前
通常不見她、輕忽她
就是我表達憤怒的方式

等待他的反應或是等待他的出現
都是令人煎熬的事
下午和舊識相聚的歡愉不再
也無從去梳理此刻的情緒
自棄於無邊的迷亂昏眩裡
擔憂、懊喪、憤怒、委屈
更有逃離這樣的處境
逃離這裡
一了百了的衝動
我頭痛欲裂　全身發燙

帶著淚痕和沉重心情
非常不安穩地睡著了

此刻
我因百感交集而加倍清醒
她為何總是謊話連篇、違逆我的願望？
她難道不曾預期我的憤怒嗎？
我為什麼要懲罰她、折磨她？
只為向她傳達我的憤怒嗎？
但她怎可能不知道我的憤怒？
還是，她知道但並不在意？

如果這樣那該怎麼辦？

所以，我告訴自己
重點不是繼續生氣
讓她曉得我的憤怒
擔憂我的報復
沒有安全感的愛情
注定不會幸福
沒有信任就沒有安全感
我不能信任她

報復的方法就是
讓她也不能信任我
沒有比不信任你所愛的人更大的痛苦
這是我在這場愛情中學會的
但是讓所愛的人痛苦
是我唯一學會的事嗎？
我們必須徹底了解一個人
才能全然愛她嗎？
在巴爾貝克把她奉若女神時
我不是對她也一無所知嗎？

對阿爾貝蒂娜的迷戀使我陷入無休止的算計
急著扳平、急著自保、急著還以顏色
我強烈的愛情完全被
受傷的尊嚴壓制了
一直表達不出來
一直付不出去

在每個時代
男子們似乎都這樣
越是認真的情感越充滿算計
怕付出的比別人多

怕吃虧　怕被蒙蔽
但在因愛情而陷入的情境裡
我們卻不再問問愛情的意見
要繼續無休止的刺探
還是不顧一切先把愛情實現？

當他推開房門進來時
我已經睡得很憂愁了
黑暗中感到有人靠近
輕輕坐在床邊
我先是警戒著

然後醒過來，繼續裝睡
等待他的動靜

許久許久
我幾乎再度睡著
他開始輕輕的撫摸我
很輕很輕
像撫摸一隻垂死的天鵝
先是我的頭髮
再是臉頰
再是頸項

再是淚痕
然後是脣
他輕輕的吻我
怕把我吵醒
這不是他第一次偷吻我
但是我第一次深深相信
他會全力保護我　不會傷害我
我的眼淚不停地湧出
但他已關門離去

只有她睡著時

我才可以放心的愛她
那時候她不會扯謊不會犯錯
她的祕密也被諒解忘記
每當我感覺到擁有她時
我就會以她撲朔迷離的過往
來壓抑、貶抑我的滿足與欣喜
降低對她的愛
讓我有安全感
讓我心裡覺得平衡
鬆了一口氣
她的抵抗讓我覺得她不知愧疚而生氣

她的順從讓我覺得她心虛而更加生氣

但是此刻我發覺
當她無辜甜美地睡著時
一切的一切
都只不過發生在我心裡

愛情沒有特定理想的樣貌
你怎麼想怎麼做
愛情就是你所想出來
以及你所做出來的……

由於一種奇異的自信
一種勇敢的決心
在今天的早餐桌上
我換了一種眼神看他
坦率、直接不再迴避
他有些不自在
似乎記得昨晚的憤怒還沒完成
但我並未預期他的憤怒
他的憤怒也就沒被邀請出來

他的心情開始變好
雖然並沒有準備好
等他笑出來而又驚慌地想收回去時
我不顧嘴裡的早餐
猛然站起來吻他
兩隻飢餓的灰熊
舔著彼此的蜂蜜

我們幾乎擁吻了一個上午

不可能發生的　發生了

發生在我們共同的閱讀裡
啊！普魯斯特普魯斯特
你曾經一心一意
想對抗時間必然的侵蝕與消亡
你努力喚起官能記憶
以此為建材起造時間的大教堂
你用文字封存生命當下的內涵
向死後無邊的黑暗
投出一顆遠古的琥珀
希望藉以觸及永恆
但我多想告訴你

抵抗時間還有一種方式
那就是愛

愛不需要永恆
愛需要被實現

那次的擁吻
我們改寫了《追憶似水年華》
我們找到了更理想的相處模式
帶著一點東方和一點現代感

這裡頭有來自對Q的記憶與補償
更有著對麗穗的甜蜜想像　而
那是確存於讀者內心裡頭的

但是我們可能脫離書籍
可能脫離作者的原意嗎？
顯然我們在書裡頭
不曾意識到這些
我們繼續熱戀
繼續學習幸福

那天
相信是懷抱著對未來的期望與決定
阿爾貝蒂娜跑來告訴我
她想回土倫邦當夫人家一趟
把一切做個了結
包括另外一名男子的求婚
那人已糾纏她的姨母多時

我欣然同意
表示已開始想念她
她羞怯而滿心喜悅

我們體驗了一次短暫的難分難捨

從送她去安加維爾車站回來
我在陰暗的書房裡發呆
因為記憶裡有太多空白
當鬧鐘響時
我毫無反應
甚至沒有聽見鈴聲
像陷入很深的睡眠
只覺得離夢境很遠很厚的
外頭有持續不斷的震動

我在書裡面逗留太久了
已忘記了鬧鐘的事
很難被叫醒

當我昏沉沉被叫醒
回到書房時
一時還以為在巴黎的臥室
許久
進入《追憶似水年華》之前的點點滴滴
才慢慢被重建回來

我的意識也從主角身上
漸漸退回到閱讀的現場

我繼續在陰暗的書房裡發呆
任由兩個書房的記憶重疊拉扯
確定三魂六魄陸續歸位
完整拼回原先的自己後
才離開地下室

書店主人看到我
鬆了一口氣

「你終於回來了！麗穗呢？」

「麗穗？」我被問得一頭霧水

「麗穗在哪？」

老人大吃一驚：

「什麼？她沒有跟你回來嗎？」

我覺察大事不妙

「跟我回來？她去了哪裡？」

老人幾乎崩潰　跌坐地板

「糟了糟了！怎麼會發生這種事？」

「哪種事？」

他夾纏不清的說

「你的鬧鐘壞了
麗穗帶了一個好鬧鐘
到書裡去救你
沒想到你出來了她卻沒出來……」

「怎麼會這樣？」
我的著急迅速燃成憤怒
「麗穗在哪裡？
麗穗怎麼會出不來？」

「麗穗在書裡頭

在《追憶似水年華》裡頭
鬧鐘沒把她叫出來
她就永遠都出不來」

「怎麼會這樣？
快一五一十告訴我
在這個房間閱讀的時候
我們到底發生了什麼事？
為什麼會有這樣的書房？
你們為什麼要帶我進來？
你們為什麼又都離不開？」

「這是一間被詛咒的書店
我已被困在此多年　不能離開
除非找到一個跟我一樣
永遠陷身文字迷宮的讀者

樓下書井就是一座文字迷宮
它實現了文字在讀者腦袋裡
誘發的想像
同時這些想像會自行填補
文字和意義間的空隙

同步發生於文字以外的情節
於是你閱讀的路徑
便被衍生的想像
修改、增補、變形
找不到原先的路徑返回
座落於現實邊緣的
閱讀起點

迷宮的法力同時
在讀者的心智裡
腐蝕書中世界與現實世界的界線

當你專心閱讀、全神投入
漸漸忘卻幫你分辨真假的
書外世界這個座標的時候
你就已經陷身於文字迷宮

我注意到你對閱讀的執迷
想讓你永遠陷身文字迷宮
然後帶著女兒逃離這裡
但是我的女兒不答應
她非常喜歡你
決定自己冒著危險

到書中把你救出來
沒想到卻……」

我想到那雙總是充滿了解與關心的眼眸
我太相信我們會有一輩子的時間談心
以至於什麼都還來不及跟她說
想到她一個人在書本裡頭
歷盡滄桑卻不再遇得到我
更是心急如焚

為什麼麗穗沒有跟著回來？

為什麼她沒有被鬧鐘叫醒？
因為阿爾貝蒂娜在第六卷死了
阿爾貝蒂娜從巴黎住所
逃回到姨母邦當夫人的家
在騎馬時摔死了
但這不應該發生在麗穗身上
我們已經改寫了故事
如果沒有　如果沒有
我們也可以從頭開始

「那我可以再把她救出來嗎？

在閱讀中還會發生什麼事？
這個詛咒包括了哪些規則？
讀者可以更改故事情節嗎？
讀者可以把現實世界的記憶帶到書本裡嗎？
我們可以更改書中人物的性格與命運嗎？
如果讀者所投射的主人翁在故事中死了
讀者還可以在現實中活回來嗎？」

「在一般的閱讀裡
讀者對於書中內容的經歷
或所做的修改都是有限的

但在這間書房就不只是如此
它是書本加諸於每個人
童年的第一個詛咒
你在當時對書本的體驗、記憶與感受
決定你對閱讀的想像
也決定了書本的法力

你和書中內容的關係
就取決於你對閱讀的想像
對文字與大腦之間最深奧的祕密

對讀者與作品、作品與真實
真實與虛構的信仰

我們的世界看起來如此真實
但是只靠真實卻構不成整個世界
我們也許應該說
其實
這個世界是由百分之一的真實
與百分之九十九的不真實構成

文字迷宮代表

那百分之九十九的可能
就像文字仍代表著它無法呈現的
百分之九十九的意涵」

我們對於閱讀
到底了解多少？
有時像童年的噩夢
有時像青春的救贖
我們對於文字
在作者和讀者心中
在意識或潛意識中

發生了什麼事
幾乎一無所知……
霎時　我有了不同的想法：

「也許這跟文字　跟閱讀的異化
一點關係也沒有
而是跟生活的本身有關
你像作者一樣
制定並解釋這許多遊戲規則
書中的我不得不接受
那是因為我的生活出現了問題

當你對現實世界的參與越來越稀薄
觀念世界的存在便越來越密實
甚至入侵到荒廢的現實裡

我會來到「閱讀光年」
我會走到這裡
因為此刻我正立足
在這轉捩點上

或者
我會來到這家書店

我會走到這裡
因為早已陷身於
《文字迷宮》這本書裡
我並不是我
是以為是我的某個讀者？

如果我離開這家書店
我便回到了書本外的世界
如果我遵循著迷宮的咒語
去尋找流浪在文字煉獄裡的麗穗
便繼續陷身文字迷宮……」

文字世界如何區分真假？
文字是現實的一環
現實靠文字而流傳
它們交集在大腦而安置了世界

但是文字更多時候無關真假
本體論法則永遠偵測不到
因為它發生在我們大腦中
在彼　有現實基礎的
和虛構出來的　是等值的

但是
此刻
是不是真實已不再重要
你想要什麼才重要
此刻
閱讀的此刻
你想要什麼體驗才重要

我平靜地回過頭
對書店主人說

「給我一個最好的鬧鐘吧」

這樣的情境不知為什麼
使我想起為了閱讀
情願孤獨的童年

給我一個好的鬧鐘吧
給我一個安靜的空間
我將好好地讀一本書
我最珍貴的夢想
就在裡頭。

二〇一五年六月初稿完成
二〇一六年一月二十一日定稿

後記

這是一次詩劇創作的嘗試，也是自二〇〇五年展開的「故事雲」書寫計畫的一環。

我一直想用詩來多玩一點東西，而且我相信它做得到。我曾說過，你對一件事物的想像有多大，它就可能有多大，它對你的貢獻或影響就有多大。

我一向把詩的意涵想得很大。原因無它，我把用它來創作的我自己，這麼一個創作者的可能性想得很大。

自二〇〇五年起，我對寫故事頗為著迷。尤其對於把詩的元素或某種詩想，和別的表現、表演形式結合在一起極感興趣。

我也相信像我這麼喜歡越界、跨界的人，應該非常適合玩跨界或多媒體或生產方式較為複雜的東西。「故事雲」計畫就是為此而啟動。透過故事或劇本的創作，探索參與其他的藝術或影藝形式的可能。

在《迷宮書店》之前，我已經完成了〈桃花源〉、〈世紀情書〉、〈民國姊妹〉，以及〈說書人柳敬亭〉的劇本改編。接下來是什麼？我也十分好奇。

另外，在本書引用到的作品有：

托瑪斯曼的《魂斷威尼斯》、聖修伯里的《小王子》、李清照的〈聲聲慢〉、魯迅的〈孔乙己〉、威爾杜蘭的《世界文明史》、歌德的《浮士德》、愛倫坡的〈橢圓形肖像畫〉、〈巫夏家族的沉淪〉、普魯斯特的《追憶似水年華》等。中文的著作不談，需要參考原文或翻譯的出版品有：

托瑪斯曼《魂斷威尼斯》，宣誠譯，志文出版社；

聖修伯里《小王子》，宋碧雲譯，志文出版社；

Little Prince, Mariner Books；

威爾杜蘭《世界文明史》，幼獅出版社；

歌德《浮士德》，綠原譯，貓頭鷹出版社；
Faust, Wolfgang Von Goethe, Penguin Classics；
愛倫坡《黑貓、金甲蟲》，杜若洲譯，志文出版社；
愛倫坡《陷阱與鐘擺》，梁永安譯，大塊出版社；
愛倫坡《從地獄歸來》，陳福成，慧明文化；
The Portable Edgar Allan Poe, Penguin Classics；
普魯斯特《追憶似水年華》，李恆基、徐繼曾譯，聯經出版公司。
Remembrance of Things Past, Translated by C. K. Scott Moncrieff and Terence Kilmartin, Vintage Books.

我在此或者直接引用了作品的文句，或為詩劇的修辭考量做了改寫，有時則描述、引申或改編了這些作品的情節，在此一併說明。

當代名家·羅智成作品集1

迷宮書店

2016年6月初版　　定價：新臺幣280元

著　　者　羅　智　成
總編輯　胡　金　倫
總經理　羅　國　俊
發行人　林　載　爵

出版者　聯經出版事業股份有限公司
地　　址　台北市基隆路一段180號4樓
編輯部地址　台北市基隆路一段180號4樓
叢書主編電話　(02)87876242轉224
台北聯經書房　台北市新生南路三段94號
電　　話　(02)23620308
台中分公司　台中市北區崇德路一段198號
暨門市電話　(04)22312023
台中電子信箱　e-mail：linking2@ms42.hinet.net
郵政劃撥帳戶第0100559-3號
郵撥電話　(02)23620308
印刷者　文聯彩色製版印刷有限公司
總經銷　聯合發行股份有限公司
發行所　新北市新店區寶橋路235巷6弄6號2樓
電　　話　(02)29178022

叢書編輯　陳　逸　華
企劃設計　羅　智　成
封面設計　羅　智　成

行政院新聞局出版事業登記證局版臺業字第0130號

本書如有缺頁，破損，倒裝請寄回台北聯經書房更換。　ISBN 978-957-08-4747-5 (平裝)
聯經網址：www.linkingbooks.com.tw
電子信箱：linking@udngroup.com

國家圖書館出版品預行編目資料

迷宮書店/羅智成著．初版．臺北市．聯經．
2016年6月（民105年）．224面．12.8×18.8公分
（當代名家・羅智成作品集1）

ISBN 978-957-08-4747-5（平裝）

851.486 105008116